アラサー
二枚目
一億ション
アラサ

日本流行用語
及 語源由來

二枚目

月が

林偉立——著

序言

　　國中時期的我曾經覺得英文很無趣，直到有天得知 NEWS 這個單字是由 North、East、West、South 組合而成，原來新聞就是發生在東南西北各地的事。從那一刻起才覺得英文並非我以為的冰冷，它還是有溫度的。了解更多單字背後的意義後，我也逐漸地喜歡上英文，離開校園二三十年了，直到現在我還是喜歡背誦英文單字。

　　在日本讀書時，我也同樣對日語詞彙的源由感到興趣，包括漢字、和語、源於歐美國家語系的外來語、英文結合日文的和製英語、和製漢語等，譬如「電話」這個日本新創的漢字詞。

　　1876 年美國發明家貝爾發明「telephone」，隔年日本先將之譯為「伝話」，「話を伝える」之意，之後才由日本電信局創造了「電話（でんわ）」這個新詞彙。

　　透過了解日文的語源由來，能自然地加強印象記住單字，理解字彙背後隱藏的意思，包括流行用語產生的時代背景，常用縮語以及新出現的外來語產生的緣由等，都能增加學習日文時的樂趣，於是我開始有記錄這些日文詞彙的習慣。

　　現在將這些單字彙整部分出來，若大家能從中發現一些驚喜，那會是我最為開心之事，也希望將來還有機會能繼續分享給大家。

目　錄

Part 1　對象

Part 2　約會

Part 3　結婚

Part 4 中年

Part 5　家庭

Part 7 退休

<u>*Part 1*</u>

交 往 對 象

本章彙整一些關於男性在外貌及行為性格上的形容方式。

【帥哥】　　　　　【其他】　　　　　【詐欺】

1 イケメン　　　　15 二枚舌　　　　30 ロマンス詐欺

2 イケオジ　　　　16 間男　　　　　31 赤詐欺

3 二枚目　　　　　17 二股

4 色男　　　　　　18 愛上男

5 優男　　　　　　19 送り狼

6 蛙化現象　　　　20 ヒモ男

【一般】　　　　　21 デート DV

7 フツメン　　　　22 泥棒猫

8 ジミメン　　　　23 若燕

9 ブサメン　　　　【性格】

10 一般ピーポー　　24 ○○コン

【標準】　　　　　25 枯れ専

11 3 高　　　　　26 小心者

12 3 平　　　　　27 短気

13 安全牌　　　　　28 劣等感

14 4 低男子　　　　29 身体醜形恐怖症

1	【イケメン】 いけめん 長相好看的帥哥

「イケメン」為「顔のイケてる男性（men）」之縮語。

例句：
イケメンにも欠点はあります。
帥哥也是有缺點的。

2	【イケオジ】 いけおじ 時尚成熟的中年男人

「イケオジ」為「イケてるおじさん」之縮語。
「イケオジ」用來形容 40~60 多歲的時尚成熟男士。

例句：
女性から人気の高いイケオジ。
深受女性歡迎的成熟大叔。

【延伸閱讀】

老犬稱為「おじいわん」，因為小狗是「わんちゃん」，
也稱為「わんこ」，所以「おじいちゃんわんこ」的縮語
就是「おじいわん」。

3	【二枚目】 にまいめ 帥哥、美男子

在歌舞伎的劇場入口處，通常都會掛有八塊寫著人名的看板，稱為「八枚看板（はちまいかんばん）」。

第一個看板（主役）：
飾演劇中主要人物的役者。

第二個看板（色男）：
在劇中扮演美男子腳色的役者。

第三個看板（道化）：
在劇中飾演搞笑丑角的役者。
等等一共八個看板。

因此，二枚目（第二個看板）就成為了帥哥、美男子的代名詞。

三枚目（第三個看板）則是搞笑滑稽男的代名詞。

例句：
カッコいい男性を二枚目と呼ぶ。
帥氣的男人被稱為二枚目。

4	【色男】 いろおとこ 帥哥

色男是指受歡迎的美男子，另有情夫之意。

5	【優男】 やさおとこ（やさお） 溫柔文雅的男子

例句：
私の彼氏は本当に優男です。
我男朋友真的是個溫柔的好男人。

6	【蛙化現象】 かえるかげんしょう 從王子變成青蛙的現象

在格林童話中，青蛙變成了迷人的王子，而「蛙化現象」則是反過來，從王子變成青蛙的意思。

女孩子本來一直心儀著某男人，日後當此男向女孩子告白表示愛意後，女孩子對此男的感覺，會突然從好感變成不舒服的反感，此種從王子變成青蛙的心理反應就稱為「蛙化現象」。

7	【フツメン】 ふつめん 長相普通的男人

「普通（ふつう）」為一般；普通之意。
「メン」是「面」和「men」之意。
「フツメン」為「普通の顔（普通の男性）」之縮語。

例句：
彼氏はフツメンがいい！
長相普通點的男朋友較好！

8	【ジミメン】 じみめん 樸素的男人

「地味（じみ）」為保守；樸素之意。
「ジミメン」為「地味な男性（men）」之縮語。

「ジミメン」不太會在衣服上花很多錢，和異性交往時也不太花錢，因為生活樸素能省下錢存起來，對女性來說相對有安全感。

例句：
ジミメンと付き合うとお金が貯まりやすい。
若是和樸素型的男友交往則很容易能存到錢。

9	【ブサメン】 ぶさめん 不帥的男人

「不細工（ぶさいく）」為不靈巧；難看之意。
「ブサメン」為「不細工な顔の男性（men）」之縮語。

例句：
彼氏はブサメンです。
我的男朋友長得不帥。

【延伸閱讀】
「ビミョメン」為「微妙な男性」之縮語。
「キモメン」為「キモイ(気持ち悪い)男」之縮語。
「ダサメン」為「ださい男性」之縮語。

微妙：不好說
キモイ：噁心
ださい：差勁俗氣

10	【一般ピーポー】 いっぱんぴーぽー 普通人、平常人

「ピーポー」為「ピープル（people）」之縮語。

11	【3高】 さんこう 3高

高学歴、高収入、高身長。

12	【3平】 さんへい 3平

平均的年収：平均的年收入
平凡な外見：平凡的外貌
平穏な性格：平靜的性格

13	【安全牌】 あんぜんぱい 沒壞處也沒好處的對象

「安全牌（あんぜんぱい）」，也可稱「安パイ（あんぱい）」。

源自麻將的用語，跟著別人丟一樣的牌，對自己沒好處，但也沒有放槍的危險。主要用於女性討論男性收入未來性時的用語，用來形容對方雖然沒有高回報，但是個無害安定的對象。

14	【4低男子】 よんていだんし 4低男子

結婚對象條件的變化：「3高」、「3平」、「4低」。

「3高（3K 高収入、高学歴、高身長）」雖然是女性的理想對象，但「3高」的完美男性終究數量不多，就把條件改成能符合一般水準即可的「3平」。

「3平」的男性也不容易尋得後，一些女性轉為接受「4低」的男子。

低姿勢（ていしせい）
（低姿態，對女性沒有霸氣態度。）

低依存（ていいそん）
（低依賴，自己會做家務不依賴女人。）

低リスク（ていりすく）
（低風險，穩定的工作沒有被裁員的風險。）

低燃費（ていねんぴ）
（低消耗，不浪費勤於儲蓄。）

例句：
理想の結婚相手は「4低男子」。
理想的結婚對象是"4低男子"。

15	【二枚舌】 にまいじた 說謊

「二枚舌」為說謊之意。

一件事情的說法前後矛盾不一致，相似的四字熟語另有
「一口両舌 （いっこうりょうぜつ）」。

英文也有「double-tongued」同樣的形容說法。

例句：
平気で二枚舌を使う。
毫不在乎地就說起謊話。

16	【間男】 まおとこ 情夫

「間男（まおとこ）」指的是有老公的女人，偷偷地和老
公以外的男人有著肉體關係的情事，也被用來稱呼此外遇
對象。

例句：
間男に嫁を奪われた。
妻子被情夫搶走了。

17	【二股】 ふたまた 腳踏兩條船；劈腿

「二股（ふたまた）」為同時和二人交往之意。

例句：
彼が二股をかけている！
他劈腿了！

如果同時交往的人數增加，則依序遞增為：
「三股」
「四股」
「五股」
等等。

【延伸閱讀】

「二股（ふたまた）」也常使用在電器線材上。

例如：

二股電源ケーブル
（一分二的電源線）

二股 USB 延長ケーブル
（一分二的 USB 延長線）

18	【愛上男】 あいうえお 擅長於戀愛的男人

愛上男是年輕人用語，從「恋愛上手な男性」句中拿出
「愛」「上」「男」三字組合而成。

此用語特別之處是其唸法，不以「あいじょうおとこ」的
音讀來發音，而是刻意用訓讀的方式來唸。

「愛」為「あい」。
「上」為「うえ」。
「男」為「お」。

所以「愛上男」為「あいうえお」，恰好是五十音「あ
行」的「あいうえお」。

19	【送り狼】 おくりおおかみ 護送女孩但另有所圖之人

偽裝成親切善良之模樣護送女子回家，試圖在途中或女子
居所對其施暴的男人。

例句：
送り狼にあったことがあります。
曾經遇過路途中另有所圖的男人。

20	**【ヒモ男】** ひもお （ひもおとこ） 吃軟飯的男人

「ヒモ男」是指吃軟飯的男人，也可直接以「ヒモ」稱之。

「ひも（紐）」是繩子的意思（細繩），小白臉之所以會和繩子畫上等號有許多的原因，譬如二人之間的命運之線，另一個則是關於海女的說法。

當海女（あま）要到海裡找尋海藻貝類時，海女於潛入海水前，海女會先在自己的腰上綁上繩子，然後才跳進海水中。

此時繩子的另一端，則是交由待在小船上等待的男人握住，當海女採集完海藻貝類後，海女便會於海底拉動繩子通知船上待命的男人。

男人收到繩子的訊號後就把貝類等拉回海面，將收穫放置在船上後，海女再繼續不斷地潛入海底採集。男人除了拉繩子外，其餘時間就只是在船上等候著，主要的辛勞工作全部是由海女來進行，因此「ヒモ男」的語源來自海女成為最廣泛的說法。

21	【デート DV】 でーと DV 約會暴力

「DV」為「Domestic Violence（ドメスティック・バイオレンス」）的縮語，此為「家庭暴力」的縮寫。

Domestic 是「家庭內」之意，Violence 則為暴力。日本媒體等常以縮寫「DV」來表示家庭暴力。

例句：
DV から逃げたいです。
我想逃離家庭暴力。

「デート（date）」是約會、約會對象之意，二人在交往過程中，被對方傷害的行為則以「デート DV」稱之。

「デート DV」有許多種類：

身體上的暴力（傷害、虐待等）
精神上的暴力（辱罵、威脅、監視等）
經濟上的暴力（金錢糾紛等）
等等。

例句：
デート DV を受けています。
遭遇了約會暴力。

22 　　　　【泥棒猫】
　　　　どろぼうねこ
　　　　介入感情關係的女人

「泥棒（どろぼう）」是小偷、竊賊之意。
「泥棒猫」則為潛入別人家中偷吃食物的貓。

「泥棒猫」專門用來形容勾引自己男人的女人，當男人被別的女人奪走時就可以怒喊：この泥棒ネコ！

「泥棒猫」只限用來形容女性，若是男性可以使用「間男（まおとこ）」。

例句：
彼氏を奪った泥棒猫。
搶走男友的狐狸精。

23 　　　　【若燕】
　　　　わかいつばめ
　　　　年長婦女的小情人

燕子是感情很好的鳥類，在故事中也常被形容成相愛的情侶，所以將年輕的燕子，用來形容年長婦人的小情人。

例句：
あの女性は最近若いツバメができちゃった！
她最近有小情人了！

24 　　　　　**【○○コン】**
　　　　　　　○○こん
　　　　　　各種「○○控」

「コン」是「コンプレックス（complex）」的縮寫，心理學術語中的情結。日文用「コン」來表示對某物有特別偏好及吸引力，中文則以「控」來做為使用。

網路雜誌上常見的有：

マザコン（mother complex）：戀母情結。

シスコン（sister complex）：戀妹情結。

ファザコン（father complex）：戀父情結。

ロリコン（Lolita Complex）：蘿莉控。

二次コン：喜歡卡通漫畫裡二次元世界中的事物。

オジコン（おじさんコンプレックス）：
喜歡 40~60 歲的大叔。

シンデレラコンプレックス（Cinderella complex）：
灰姑娘情結，需要依靠被保護的安全感。

白雪姫コンプレックス：
白雪公主情結，被虐待兒症候群。

25	【枯れ専】 かれせん 喜歡年長大叔的女性

「枯れる（かれる）」為枯萎、凋謝之意。
「枯れ専」則是「枯れた男性専門」的縮語。

四五十歲以上的男人社會經驗豐富，嘗遍了各種酸甜苦辣，雖滿頭白髮但才識淵博，對於此類年紀相差極大的男人，有其偏好的女性稱為「枯れ専」。

例句：
私は枯れ専です。我偏愛年紀大的男人。

26	【小心者】 しょうしんもの 膽小

例句：
彼はとても小心者です。他是一個很膽小的人。

27	【短気】 たんき 性情急躁易怒

例句：
短気な人。容易生氣的人。

28	【劣等感】 れっとうかん 自卑感

例句：

彼女に劣等感を抱いてしまいます。

在她面前感到很有自卑感。

29	【身体醜形恐怖症】 しんたいしゅうけい きょうふしょう 體象障礙

「身体醜形恐怖症」是一種精神障礙。

（body dysmorphic disorder，BDD）

對自己身上輕微或不存在的缺陷，儘管旁人根本不覺得有異，但自己卻相當在意，對此不完美深感困擾，因為過度關注自己的體像，而對其身心及生活產生了影響。

例句：

身体醜形恐怖症に悩んでいる。

我很煩惱自己外表的缺陷。

【同義詞】

身体醜形障害（しんたいしゅうけいしょうがい）

30	【ロマンス詐欺】 ろまんすさぎ 愛情詐騙

「ロマンス」為「romance」，即浪漫、戀情之意。

主要是指在網路上的交友網站等，表現成情人或婚姻伴侶，以甜言蜜語欺騙國外的對象，進行匯款轉帳的詐欺行為。

「ロマンス詐欺」的英文稱為「Romance scam」。

31	【赤詐欺】 あかさぎ 結婚詐欺

「赤詐欺」代表「結婚詐欺」。

沒有結婚的打算，但以結婚為誘因接近異性，騙取對方財物的行為。例如結婚前需先還清債務，需要創業資金等手法。

例句：
彼女が赤詐欺に遭っています。
她陷入了結婚詐欺。

Part 2
約會

本章整理一些年輕人約會的流行用語。

32	【合コン】 ごうこん 聯誼活動

「合同（ごうどう）」是聯合之意。
「コンパ」是「コンパニー（company 伙伴、交友）」。
「合同コンパ」則代表男女一同用餐的聯誼活動，簡稱「合コン」。

例句：
合コンで出会った男性。
在用餐聯誼活動上認識的男性。

33	【ギャラ飲み】 ぎゃらのみ 男性支付費用 邀請女性參加的飲酒聚會

「ギャラ」是「ギャランティー（guarantee）」的縮語，是酬金之意。
「ギャラ飲み」是由男性支付「ギャラ(謝礼金)」邀請女性出席的一種飲酒會，參加者除了能獲得「ギャラ(謝礼金)」，也能同時結交人脈。

「ギャラ飲み」的起源是男性為參加的女性支付車費以上的謝禮，目前有「ギャラ飲み」的 APP 能隨時撮合雙方舉辦飲酒聚會。

34	【ナンパ】 なんぱ 男性搭訕女性的行為

男性在公共場所搭訕陌生女性的行為。

例句：
50代のおじさんにナンパされた。
被一個50多歲的大叔搭訕。

【其他相關用語】
ストナン（ストリートナンパ）：在街上搭訕
ネトナン（ネットナンパ）：在網路上搭訕

軟派（なんぱ）：在公共場所和陌生人聊天邀請之行為。

35	【逆ナン】 ぎゃくなん 女性搭訕男性的行為

「逆ナン」為「逆ナンパ」之縮語。

若是反過來由女性搭訕男性則稱為「逆ナン」。

例句：
若い女性に逆ナンされました。
竟然被一個年輕女子給搭訕了。

36	【男運】 おとこうん 女性會遇到何種男性的運勢

女性會遇到何種戀人、丈夫的運勢。

例句：
男運がよい。
有男人運。

わたしは男運が無いと思っています。
我認為我沒有男人運。

37	【女運】 おんなうん 男性會遇到何種女性的運勢

男性會遇到何種戀人、老婆的運勢。

例句：
女運がよい。
有女人運。

本当に女運がなくて悩んでいます。
真的很煩惱自己沒有女人運。

38	【ほの字】 ほのじ 喜歡、迷戀

「惚れる（ほれる）」為喜歡、迷戀之意。
「ほの字」是指「ほ」開頭的那個字，即「惚れる」。

例句：
彼はあの女にほの字らしい。
他似乎喜歡那個女人。

39	【脳内彼氏】 のうないかれし 腦裡幻想的理想男朋友

彼氏（かれし）為男朋友之意。

例句：
脳内彼氏を持つ。
腦子裡有位幻想的男朋友。

【同義詞】
ボーイフレンド（boyfriend）
彼ピ（かれピ）：和彼氏（かれし）意思一樣，高中女生
的流行用語。

40	【彼女持ち】 かのじょもち 有女友的男性

「彼女持ち」為「彼女がいる男性」之意。

例句：
好きな人が彼女持ちだ。
喜歡的對象已經有女朋友了。

【同義詞】
ガールフレンド（girlfriend）

41	【彼氏持ち】 かれしもち 有男友的女性

「彼氏持ち」為「彼氏がいる女性」之意。

例句：
好きな人が彼氏持ちだ。
喜歡的對象已經有男朋友了。

【其他相關用語】
彼ピ：和「彼氏」一樣為男友之意。
彼ピッピ：超越朋友的關係但未到戀人程度的男性朋友。

42	【○○フレンド】 ○○ふれんど 形容二人是何種關係的朋友

日本的網路及電視等常可見到「○○フレ」的說法，形容二人是何種關係的朋友。

譬如「ハフレ」、「ソフレ」、「キスフレ」、「セフレ」等。

「フレ」是「フレンド（friend）」的縮寫。

「○○フレ」和中文「○○友」的意思一樣。

「ハフレ」是「ハグフレンド」的縮寫。
hug friend，二人僅是擁抱而已的關係。

「ソフレ」為「添い寝フレンド」之意。
二人沒有肉體關係，單純在旁陪著睡覺。
「添い寝（そいね）」是在旁邊陪伴睡覺的意思。
（添い寝の「ソ」+フレ）

「キスフレ」為「キスフレンド」之意。
kiss friend，二人只有接吻而已的關係。

「セフレ」為「セックスフレンド」之意。
sex friend，二人已有肉體關係。

43	【恋仲】 こいなか 彼此相愛的一對

例句：

彼と恋仲になりました。

我和他已成為戀人了。

44	【月が綺麗ですね】 つきがきれいですね （隱含的意思）我愛你

據傳是源自夏目漱石擔任英語老師時，建議學生把「I love you」，翻譯成「月が綺麗ですね」而流傳下來。

雖然只是都市傳說，但現在當有人一提到「月がきれいですね」，就會讓人聯想到「あなたが好きです、愛しています」，所以此句話常出現在浪漫的告白場景。

若有男性說：「月がきれいですね」

如果女性對他也有好感，可以接著回應：

「あなたと見る月だから」

45	【２ショット】 つーしょっと 二人一起入鏡的合照

「ツーショット」為「Two shot」之意。

例句：
彼氏と２ショット写真を撮る。
和男朋友一起拍張二人的合照。

46	【１＋１＝？】 いちたすいちは？ 拍照時喊的口號

拍照時大多是喊「はい！チーズ！」，和老一輩拍照時常
喊的「西瓜甜不甜？」一樣。

日本另有一種拍照口號，當拿相機的人高喊：
「いちたすいちは？」（一加一等於多少？）

被拍照的人們就齊聲回答：

「にー」（二）。

如此就能拍到大家露出牙齒開懷的笑容了。

47	【マック／スタバ】 まっく／すたば 日本速食店的縮語

有些店名唸起來太長，年輕人於對話中常用簡短的說法來替代。

「スタバ」為「スターバックス（Starbucks）」。
「モス」為「モスバーガー（MOS Burger）」。
「ミスド」為「ミスタードーナツ（Mister Donut）」。

「マクドナルド（McDonald's）」的縮語有二種：
マック
マクド

【延伸閱讀】
ポテチ：洋芋片

「ポテチ」為「ポテトチップス（potato chips）」。
「ポテトチップス」也可簡稱為「チップス」。

例句：
塩味のポテチを買いました。
買了鹹味的洋芋片。

48	【タピオカ】 たぴおか 珍珠奶茶

「タピオカ」是來自英語「Tapioca（木薯粉）」的外來語。

珍珠奶茶有數種名稱：

タピオカティー
（Tapioca tea）

タピオカミルクティー
（Tapioca milk tea）

パールミルクティー
（Pearl milk tea）

現在多直接以粉圓的主材料「タピオカ」這個字來稱呼珍珠奶茶。

49	【片手ドリンク】 かたてどりんく 單手拿著飲用的外帶飲料

在商店外帶，單手拿的飲料稱為「片手ドリンク」。

42

50	【OC】 おいしい 很好吃

「OC」為「おいしい」的縮寫，此用法流行於年輕人之間。

例句：
とっても OC です。
非常好吃。

51	【大好物】 だいこうぶつ 最愛吃的東西

例句：
ラーメンが大好物です。
我最喜歡拉麵了。

52	【絶品】 ぜっぴん 非常好的物品

例句：
ここのラーメンは絶品です。
這裡的拉麵非常棒。

日本流行用語
及語源由來

53	【UFO キャッチャー】 ゆーふぉーきゃっちゃー 夾娃娃機

此類夾取玩具的機器稱為「クレーンゲーム機」。
「クレーン（crane）」：移動起重機

「UFO キャッチャー（UFO CATCHER）」是知名大廠生產的機種名稱，由於知名度高，現在多以「UFO キャッチャー」來統稱此類夾娃娃的機器。

54	【ガチャポン】 がちゃぽん 扭蛋玩具

把硬幣投進機器後扭轉一下，然後掉下一顆蛋形的膠殼玩具，此類型的機器稱為「カプセルトイ（Capsule Toy）」。

生產「カプセルトイ」的廠商很多，每家廠商都有自己的名稱，在不同的地區也有不同的稱呼，一般多以「ガシャポン／ガチャポン」做為扭蛋機器的統稱。

此外，「ガチャガチャ」也常被用來代表扭蛋機器的稱呼，據說是因為轉動扭蛋時，每轉一回會發出「ガチャガチャ」的聲音而得名。

Part 3
結婚

本章彙整一些年輕人近年舉辦婚宴的流行類型，以及懷孕
育兒等的相關用語。

55	【マリッジブルー】 まりっじぶるー 婚前感到不安憂鬱的狀態

「マリッジブルー」是和製英語「marriage+blue」。

對於即將到來的婚姻感到不安，擔心婚後對於家庭的責任及生活的改變等，從而產生焦慮恐懼的精神狀態。

例句：
マリッジブルーに悩んでいる。
對即將結婚一事感到很煩憂。

56	【嫁姑問題】 よめしゅうとめもんだい 婆媳問題

「嫁（よめ）」是妻子之意。
「姑（しゅうとめ）」為婆婆；岳母。
例句：
不変の嫁姑問題。
不變的婆媳問題。

婆媳爭吵時，若丈夫不站在妻子這邊，而是支持自己的母親，則妻子把這樣的丈夫稱為「エネ夫（エネお）」。
「エネ夫」為「エネミー（enemy 敵）」+「夫」之意。
指不幫助妻子，讓妻子受苦，與妻子為敵的丈夫。

57	【スピード婚】
	すぴーどこん
	交往時間很短就結婚

「スピード」為「speed」之意。

一般來說交往不到半年就結婚稱為「スピード婚」。

例句：
スピード婚がしたい！
我希望能閃電結婚！

58	【ハデ婚】
	はでこん
	講究排場的結婚

「派手（はで）」是華麗闊綽之意。

「ハデ婚（はでこん）」指講究排場，在婚禮喜宴上花費很多錢的結婚方式。

例句：
ハデ婚したいけどお金が無いです。
想把婚禮辦得風光體面但沒有錢。

59	【ジミ婚】 じみこん 樸素婚

「地味（じみ）」是樸素之意。

「ジミ婚（地味婚）」為「地味な結婚」的縮語。

將傳統的結婚流程簡化一些的結婚方式。
（例如省略蜜月旅行等的開銷。）

例句：
ジミ婚が流行っている。
現在很流行簡化的結婚方式。

60	【プチ婚】 ぷちこん 小型的婚禮

「プチ婚（プチこん）」為「プチウェディング（Petit Wedding）」之縮語。指在價廉的小型婚禮會場舉行的結婚方式。（petit：小的）

例句：
プチ婚する予定です。
我打算舉行小型的婚禮。

48

61	【フォト婚】 ふぉとこん 只拍結婚照的結婚方式

「フォト婚」為「フォトウェディング（photo wedding）」之意。

指不舉行婚禮喜宴，只拍結婚照的結婚方式。

62	【ナシ婚】 なしこん 不舉辦喜宴直接登記結婚

「ナシ婚（ナシこん）」為「結婚式をしない」之意。

指不舉辦喜宴，直接登記結婚。

無し（なし）：無；沒有

63	【でき婚】 できこん 奉子成婚

「でき婚（できこん）」為「できちゃった結婚」之意。
指奉子成婚、先有後婚。

64 【入刀】
にゅうとう
婚禮上切蛋糕的用語

「切る（きる）」是切開，也有中斷、斷絕關係的意思。

例句：
ケーキを切る。
切蛋糕。

切蛋糕本來的說法是「ケーキを切る」，但在婚禮上，因為要避開「切る」這個字彙，所以新娘新郎一起切蛋糕時，將「切る」改為「入刀」。

例句：
初めての共同作業、ケーキ入刀を行います。
二人第一次的合作，開始切蛋糕。

新郎先將一隻手挽著新娘的腰，然後另隻手和新娘一同拿著刀，當聽到主持人說：

ケーキ入刀です！

二人便一同切下結婚蛋糕，然後進行「ファーストバイト」，由新娘新郎彼此餵對方吃結婚蛋糕。

ケーキ（cake）：蛋糕
ウェディングケーキ（wedding cake）：結婚蛋糕

65	【愛妻家】 あいさいか 疼愛妻子的丈夫

「愛妻家」是指疼愛妻子的丈夫。

例句：
私の夫は愛妻家です。
我丈夫是一位很疼愛老婆的人。

66	【11月22日】 いいふうふのひ 好夫婦日

「11月22日」其數字1122的發音和「いいふうふ」相近，所以將此日訂為「いい夫婦の日」。

二：に、ふた、ふう、ふ

【延伸閱讀】
猫の日（ねこのひ）：2月22日

許多國家都有貓之日，但日期都不相同，因為貓的叫聲「にゃん」「にゃん」「にゃん」和日語中的「2」「2」「2」相近，所以日本選擇以2月22日做為貓之日。

67 【赤富士】
あかふじ
孕婦手繪之紅色富士山圖

日本的都市傳說，當有女子想懷孕時，可尋求周遭即將生產的孕婦友人，拜託懷孕的朋友能在入院時備妥紅筆和紙張，請她在陣痛來臨時，於陣痛中以紅筆手繪一張紅色的富士山圖。

若能得到此孕婦手繪的這個紅色富士山圖，相傳就能得到孕婦友人的力量，日後自己就能如願懷孕生子。

期待懷孕的人也可在網路上徵求紅色富士山圖，孕婦網友也會樂於挑戰，嘗試畫下來送給需要的人們。隨著每個人的繪畫能力及陣痛程度的不同，每張紅色富士山圖都有著不同的風貌，由於是孕婦拚著命畫出來的圖，收到畫的人都會對此萬分感謝。

紅色富士山圖雖然沒有科學根據，但能收到這樣一張他人為自己所畫下的祝福，心中累積的懷孕壓力也將隨之消解許多，能有這樣一張祝福的圖在身旁，相信能帶來好心情，做好迎接小寶寶誕生的準備。

例句：
陣痛中に赤い富士山の絵を描く。
陣痛中畫出紅色的富士山。

68　　　　【帝王切開】
　　　　　　ていおうせっかい
　　　　　　剖腹生產

例句：

帝王切開して子供を産んでいます。

以剖腹生產之方式生小孩。

69　　　　【五体満足】
　　　　　　ごたいまんぞく
　　　　　　四肢健全

身體完整沒有缺少任何部位，四肢健全。

例句：

五体満足な赤ちゃんを出産しました。

我生了個健康的寶寶。

「五体」：
頭（あたま）
首（くび）
胸（むね）
手（て）
足（あし）

70	【ヤンママ】 やんまま 年輕媽媽

主要指成年前就懷孕生產的年輕媽媽。

「ヤン」為「ヤング（young）」之縮語。
「ママ」為母親之意。

「ヤン」另外也有「ヤンキー」不良少年之意。

71	【お袋】 おふくろ 母親

在鎌倉時代的武士家庭裡，會將家中的金錢和貴重物品裝進袋子裡，然後將這個裝有家產的袋子交由家中的主婦來管理，因此該主婦就稱為「御袋樣（おふくろさま）」。

後來就將其簡稱為「おふくろ」，廣泛地流傳於大眾之間，用來稱呼自己的母親。

例句：
おふくろの味です。
嘗起來像媽媽做的菜。

```
┌─────────────────────────────────────────┐
│  72        【新米パパ】                    │
│            しんまいぱぱ                    │
│          剛當上爸爸的人                    │
└─────────────────────────────────────────┘
```

剛當上爸爸的人。

例句：
50 歳の新米パパ。
50 歲初為人父。

「新米（しんまい）」為新手、生手之意。

例句：
新米の社員。
才剛進公司對工作還不習慣的新員工。

```
┌─────────────────────────────────────────┐
│  73         【イクメン】                   │
│             いくめん                       │
│          喜歡養育子女的男人                 │
└─────────────────────────────────────────┘
```

「イクメン」為「子育てする男性（メンズ）」之縮語。

子育て（こそだて）：撫養小孩

例句：
私の主人はイクメンです。
我的丈夫喜歡育兒。

74	【愚息】 ぐそく **犬子**

「愚息（ぐそく）」為犬子之意。
對人謙稱自己的兒子時的說法。

75	【豚児】 とんじ **犬子**

「豚児（とんじ）」為犬子之意。
對人謙稱自己的兒子時的說法。

76	【リンゴ病】 りんごびょう **蘋果病**

正式名稱是「伝染性紅斑（でんせんせいこうはん）」，
由於兩頰會像蘋果般地變紅，因此俗稱「蘋果病（リンゴ
病）」。

【同義詞】
「ほっぺ病」
（「ほっぺた」為頰、臉蛋之意。）

77	【JD JK JC JS JY】
	女學生的縮寫

日本各級學校女學生的縮語，年輕人的流行用語，廣泛使用在雜誌網路等。

「女子（じょし）」的羅馬拼音為 Joshi，所以 J 代表女子，J 之後的字母則代表學校。

「JD」代表「女子大生（じょしだいせい）」。
「JK」代表「女子高校生（じょしこうこうせい）」。
「JC」代表「女子中学生（じょしちゅうがくせい）」。
「JS」代表「女子小学生（じょししょうがくせい）」。
「JY」代表「女子幼稚園児（じょしようちえん）」。

若要特別註明是幾年級時，就在上述英文縮寫後加上數字。

例如：

「JK3」為「女子高生の３年生」之意。
「JC2」為「女子中学生の２年生」之意。

78	【DD DK DC DS DY】
	男學生的縮寫

日本各級學校男性學生的縮語，年輕人的流行用語，廣泛使用在雜誌網路等。

「男子（だんし）」的羅馬拼音為 Danshi，所以 D 代表男子，D 之後的字母則代表學校。

「DD」代表「男子大生（だんしだいせい）」。
「DK」代表「男子高校生（だんしこうこうせい）」。
「DC」代表「男子中学生（だんしちゅうがくせい）」。
「DS」代表「男子小学生（だんししょうがくせい）」。
「DY」代表「男子幼稚園児（だんしようちえん）」。

若要特別註明是幾年級時，就在上述英文縮寫後加上數字。

例如：

「DK3」為「男子高生の３年生」之意。
「DC2」為「男子中学生の２年生」之意。

79	【三者面談】 さんしゃめんだん 老師、學生和家長的會談

指老師、學生和家長對於學校教育問題，三方一同參加的
會談，通常在學期末舉行。

例句：
月曜日に三者面談があります。
週一將舉行老師、學生和家長的三方會談。

80	【月謝】 げっしゃ 學費；月酬

接受指導於每月支付的「授業料」，譬如學鋼琴等的學
費。

例句：
ピアノ教室の月謝は高いです。
鋼琴課每月的學費很高。

授業料（じゅぎょうりょう）：學費

Part 4
中 年

本章彙整步入中年時，也許會遇到的一些肌膚體型等的流行用語。

【肌膚】   【年齡】

81 アラサー   92 美魔女

82 鮫肌   93 年増女

83 シミ予備軍   94 加齢臭

84 コスメ   95 加齢臭対策

85 厚化粧   【美人】

86 ノーメイク   96 日本三大美人

【健身】   97 細身

87 二重あご   98 小顔

88 万年ダイエッター 99 別嬪

89 ダイエット臭   100 色女

90 猫背

91 空気椅子

81	【アラサー】 あらさー 30 歲上下的女人

「アラサー」為「アラウンドサーティ（around thirty）」之意，形容年齡約 30 歲上下的女人。

例句：
既婚アラサー女です。
已婚 30 歲左右的女人。

其他年齡還有以下的說法：

「アラフォー」為「around forty」之意。
形容年齡 40 歲上下的女人。

「アラフィフ」為「around fifty」之意。
形容年齡 50 歲上下的女人。

「アラカン（アラ還）」為「around 還暦」之意。
形容年齡 60 歲上下的女人。
（「還暦（かんれき）」為 60 歲。）

「アラハン」為「around hundred」之意。
形容年齡 100 歲上下的女人。

「アラハン」也可稱為「アラヒャク」。

82	【鮫肌】 さめはだ 粗糙的皮膚

「鮫肌／鮫膚（さめはだ）」，形容皮膚像鯊魚皮一樣地粗糙。

【延伸閱讀】
「鳥肌（とりはだ）」
起雞皮疙瘩。

例句：
鳥肌が立つ。
起雞皮疙瘩。

「鬼皮（おにかわ）」
栗子等外部厚硬的果實外皮。

例句：
栗の鬼皮を剝く。
剝去栗子的硬殼。

「魚の目（うおのめ）」
皮膚長期摩擦後產生的雞眼。

腳背指頭等皮膚長期摩擦後產生的厚繭，正式名稱和中文一樣是「雞眼（けいがん）」，因其形狀和魚眼相似，日常生活中常以「魚の目（うおのめ）」稱之。

83	【シミ予備軍】 しみよびぐん 準備變成斑的黑色素

「シミ」為斑之意。

「シミ予備軍（斑予備軍）」是指在皮膚出現斑之前，已存在皮膚深部的色素積累的狀態。

即便現在還沒有出現斑，但「シミ予備軍（斑予備軍）」隱藏在皮膚下的情形非常多，疏忽大意缺乏注意的話，「シミ予備軍（斑予備軍）」就會連續不斷地進化成斑了。

84	【コスメ】 こすめ 化妝品

「コスメ」為「コスメチック（cosmetic）」之縮語。

例句：
彼女はたくさんコスメを持っている。
她有很多化妝品。

85	【厚化粧】 あつげしょう 濃妝

例句：
厚化粧をする人。
化了濃妝的人。

【其他相關用語】
薄化粧（うすげしょう）：淡妝

86	【ノーメイク】 のーめいく 沒化妝的狀態

「make up」為化粧之意。

「ノーメイク」是和製英語「no make」，即 「素ぴん
（すっぴん）沒化妝的面貌。

例句：
ノーメイクで出勤する。
沒化妝就去上班。

【同義詞】
素顔（すがお）：素顔

87	【二重あご】 にじゅうあご 雙下巴

例句：

二重あごを気にしている。

很在意自己的雙下巴。

88	【万年ダイエッター】 まんねんだいえったー 一直都在節食中的人

「ダイエット（diet）」為節食之意。「ダイエッター」為
「ダイエット中の人」之縮語。

例句：

万年ダイエッターから卒業したいです。

我想成功瘦身。

89	【ダイエット臭】 だいえっとしゅう 因節食而產生的體臭

過度減少食量，胃因長時間空著，使唾液的分泌減少而導
致口臭。因無法獲取能量，能量持續不足導致代謝不順
利，這些因節食而發出的體臭就稱為「ダイエット臭」。

90	【猫背】 ねこぜ 駝背

背部彎曲駝背的現象，就像貓坐著時的背部一樣。

例句：
猫背の美人はいません。
沒有駝背的美女。

91	【空気椅子】 くうきいす 背靠著牆半蹲

背靠著牆半蹲姿勢的肌肉訓練方法。

「空気椅子（くうきいす）」，也稱為「ウォールシット（Wall Sit）」。

把背靠著牆，想像有個虛擬的椅子，然後把身體維持坐在椅子上的姿勢，以此方式訓練下半身的肌肉。

例句：
毎日 10 分間の空気椅子をする。
每天靠著牆半蹲 10 分鐘。

92	【美魔女】 びまじょ 美麗的中年婦女

例句：
きれいな美魔女と出会います。
遇見美麗的中年婦女。

93	【年増女】 としまおんな 稍微有點年齡的女士

「年増女」是指超過青春少女的年紀，已稍微有點年齡的
女士。

「年増女」為「年増の女性（としまのじょせい）」之縮
語。。

例句：
美人な年増女。
美麗的中年女性。

根據女性的年齡，可區分為：

年増（としま）
中年増（ちゅうどしま）
大年増（おおどしま）

94 　【加齡臭】
かれいしゅう
中高年的獨特體味

隨著年齡增長而形成的中高年獨特之體味。

不分男女中年之後，身體會產生一種造成中高年獨特體味的物質，此物質會隨著年齡衰老而形成不同的體味，為了區別這種中高年特有的體味，特別將其取名為「加齡臭」，「加齡臭」一詞也被廣泛地使用著。

多數的人們會感受到他人的加齡臭，因此「加齡臭」可能會造成「體臭騷擾（スメハラ）」，產生讓別人不舒服的問題。

例句：
加齢臭がとれません。
無法去除掉老人味。

【延伸閱讀】

「體臭騷擾（スメハラ）」為「スメルハラスメント（和製英語 smell harassment）」之縮語。

95	【加齢臭対策】 かれいしゅうたいさく 加齡臭對策

除了加齡臭，其他還有：

オヤジ臭

疲労臭

ストレス臭

等等。

日本市面上有特別標示「加齢臭対策」的沐浴乳洗髮精等
各式產品。

例如：

「加齢臭対策」ボディソープ：沐浴乳

「加齢臭対策」石鹼：肥皂

「加齢臭対策」消臭肌着：消臭衣

「加齢臭対策」シャンプ：洗髮精

【延伸閱讀】

朝シャン（あさシャン）：早上洗頭髮。

「朝シャン」為「朝にシャンプーをする」之縮語。

「シャンプー（shampoo）：洗髮乳

| 96 | **【日本三大美人】**
にほんさんだいびじん
日本三大美人 |

「日本三大美人」為以下三個地區的美人。
秋田美人（あきたびじん）
京美人（きょうびじん）
博多美人（はかたびじん）

「秋田美人（あきたびじん）」
指秋田縣出身的美女，秋田縣瀕臨日本海，有一說法是在日本海一側的地區，其日照時間相對較短，加上冬季大量降雪，待在屋內的時間多，所以其肌膚相對潔白。

「京美人（きょうびじん）」
指居住在京都市及其近郊地區的美女，京都美人多的說法有很多種，其一是和流經京都市的「鴨川（かもがわ）」有關，據說鴨川非常純淨，能保護滋潤皮膚的健康。

「博多美人（はかたびじん）」
指福岡縣福岡市及其近郊地區的美女，福岡縣的傳統工藝品「博多人形」（美人もの）」描繪了博多美人的美麗，其特徵是白皙皮膚、美麗眼睛的柳腰女子。

97	【細身】 ほそみ 細長

例句：

細身の美人。

身材纖細的美女。

98	【小顔】 こがお 小臉

例句：

小顔美人。

小臉美女。

【延伸閱讀】

小骨（こぼね）：魚刺；細小骨刺

例句：

小骨が多い魚。

有許多魚刺的魚。

小骨が少ない魚。

魚刺很少的魚。

| 99 | 【別嬪】
べっぴん
非常漂亮的女人 |

「べっぴん」一詞在江戶時代時是用「別品」這個漢字，代表和一般的物品不同，是特別好的物品。

「べっぴん」一開始是用來描述物品，之後衍生為形容優秀的人才。

最後才專指美麗容貌的女子，以代表高貴的「嬪」取代「品」，由「別品」改成「別嬪」。

現今都會加上「さん」，以「別嬪さん」做為稱呼。

例句：
電車の中で別嬪さんがいた。
在電車上有一位非常漂亮的女人。

| 100 | 【色女】
いろおんな
美女、漂亮的女人 |

「色女」為「美女、漂亮的女人」之意，另也有情婦的意思。

Part 5
家庭

本章彙整購屋購車、居家設備、食材購買等的流行用語。

【購屋】
101 諭吉
102 018
103 金欠
104 うさぎ小屋
105 タワマン
106 億ション
【衛浴】
107 厠
108 便サン
109 蛇口
110 湯船
111 ウォシュレット
112 お花摘み

【用品】
113 孫の手
114 湯湯婆
115 軍手
116 天地無用
117 三徳包丁
118 プラゴミ
【超市】
119 ママチャリ
120 八百屋
121 100 均
122 海老
123 七面鳥
124 精肉
125 果物時計草
126 人参
127 エコバッグ
128 レジ袋

【購車】
129 マイカー
130 レンタカー
131 ゴールド免許
132 満タン
133 ドラレコ
134 ドアパンチ
135 痛車
136 立往生

【諭吉】
ゆきち
10,000 円（一万円紙幣）

1984 年發行的一万円紙幣的肖像為「福沢諭吉（ふくざわ
ゆきち）」，以肖像的名字來替代一万円紙幣的說法。

例句：
諭吉 1 枚で買える。
用一萬日幣就可以買到。

【延伸閱讀】

一万円紙幣（いちまんえんしへい）：
目前的肖像為福沢諭吉，2024 年（令和 6 年）預定發行的
新一万円紙幣將改成渋沢栄一。

五千円紙幣（ごせんえんしへい）：
目前的肖像為樋口一葉，2024 年（令和 6 年）預定發行的
新五千円紙幣將改成津田梅子。

千円紙幣（せんえんしへい）：
也稱為千円券（せんえんけん）、千円札（せんえんさ
つ），目前紙鈔上的肖像為野口英世，2024 年（令和 6
年）預定發行的新千円紙幣將改成北里柴三郎。

【018】
れいわ
西暦與和曆的換算方式

日文 0~9 的數字有多種發音的變化，所以日本人生活中常運用不同的發音方式來方便記憶數字（語呂合わせ）。

譬如日本現在的年號令和，其西曆和曆的換算方式，就是以數字發音的方式來記住「018」這個數字。

令和的發音是れいわ，而「018」三個數字的發音也剛好是「れいわ」。（0＝れ，1＝い， 8＝わ）

「和曆＋018（れいわ）」即成為「西曆」。
「西曆後二位數－018（れいわ）」就成為「和曆」。

以前篇 2024 年（令和 6 年）預定發行紙幣為例子：
6＋018（れいわ）＝24，即 2024。

再以 2020 年的東京奧林匹克為例：
20－018（れいわ）＝2，即令和 2 年。

今後若要換算「令和（れいわ）」和「西曆」時，只要用「れいわ」的發音來記住「018」，計算時就容易、快速許多了。

8：はち、は（わ）

103	【金欠】 きんけつ 缺錢

例句：
金欠で困っている。
因缺錢而陷入困境。

【延伸閱讀】
酸欠（さんけつ）：缺氧
例句：
酸欠で倒れた。
因缺氧而倒下了。

無欠（むけつ）：無缺點
例句：
無欠な男性に出会う。
遇見一個完美的男人。

104	【うさぎ小屋】 うさぎごや 形容日本窄小的房子

「兔小屋」是用來飼養兔子的小屋，由於西方人以「rabbit hutch」來形容日本狹窄的房子，「兔小屋」便成為形容窄小房子的習慣用語。

<table>
<tr><td>105</td><td>

【タワマン】
たわまん
高樓層大廈

</td></tr>
</table>

「タワー（Tower）」為塔之意。

「タワマン」為「タワーマンション（高層マンション）」之縮語。

普通的公寓大樓稱為「マンション（mansion）」，一般來說超過 20 樓以上則稱為「タワーマンション」，「タワマン」多為「高級マンション」的代名詞。

例句：
タワマンに住んでみたい。
我想住看看高樓層的大廈。

<table>
<tr><td>106</td><td>

【億ション】
おくしょん
超過 1 億円的高價大廈

</td></tr>
</table>

價格超過 1 億円的高價マンション，稱為「億ション」。

例句：
彼が現在住んでいるのは億ション！
他現在住在億萬豪宅！

107 　　　　【厠】
かわや
（かわや）發音的由来

「厠（かわや）」是「トイレ」的別稱。

「厠（かわや）」的唸法，自奈良時代就已出現，是古老的廁所名稱之一。

從前的人們在水流經過的溝渠上，建築小屋做為廁所使用，因為是建構在河川上的木屋，所以稱為「川屋（かわや）」，此為「厠（かわや）」語源的主要說法。

另外還有一種說法，近代的房子雖都是在屋內設置廁所，但幾十年前，廁所通常都是建造在房子的附近，所以稱為「側屋（かわや）」。

例句：
夜中に厠に行きました。
半夜時去了洗手間。

【同義詞】
便所（べんじょ）
手洗い（てあらい）

78

108	【便サン】 べんさん 放置在廁所的拖鞋

「便サン」為「便所サンダル」之縮語。
「サンダル（sandal）」為「拖鞋，涼鞋」之意。
例句：
便サンで電車に乗る 50 歳女性。
穿著浴廁拖鞋乘坐電車的 50 歲婦女。

109	【蛇口】 じゃぐち 水龍頭

例句：
キッチンの蛇口から水が出ません。
廚房的水龍頭沒有水。

110	【湯船】 ゆぶね 浴槽

可以在裡面放熱水入浴的浴槽。
例句：
毎日湯船に浸かりたい。
每天都想泡在浴槽裡。

111	【ウォシュレット】 うぉしゅれっと 温水洗浄便座

其他的說法還有「温水洗浄便座（おんすいせんじょうべんざ）」、「シャワートイレ」等等。

一般多以「ウォシュレット」來稱呼這類具有温水洗浄功能的便座。

除了以温水洗浄，温風乾燥等的基本功能，也有可用手機 APP 連線，以藍芽連接操作設定的便座。

例句：
ウォシュレット付きのトイレ。
有提供温水洗浄便座的洗手間。

112	【お花摘みに行ってきます】 おはなつみにいってきます 要去洗手間時的女性用語

「花摘み（はなつみ）」為採花之意。

例句：
ちょっと、お花を摘みに行ってきます。
我去一下化妝室。

| 113 | 【孫の手】
まごのて
不求人（抓癢工具） |

麻姑是古代傳說中的女神，「列異傳」中，蔡經看見麻姑手爪長四寸，希望能以此爪搔背止癢，而有了「麻姑の手（まこのて）」一詞。

後來「麻姑（まこ）的發音轉變成「孫（まご）」後，就成為了現今的「孫の手」，也意味小孩子的手之意。

在以前歐洲的上流社會，貴婦會將象牙銀飾的小型不求人，外出時懸掛在腰上做為配飾。

原因是和那個年代貴婦們的穿著有關，當時女士的貼身衣物是根據每個人的尺寸訂製，並不一定能每天穿上脫下，所以據說經常會因蝨子等而感到瘙癢。

例句：
孫の手で背中を掻く。
用長柄抓耙子刮擦背部。

114	【湯湯婆】 ゆたんぽ 暖水袋

加入熱水的保溫器具。

據說在中國唐朝時期就有「湯婆」這個東西，將熱水放入金屬陶器等容器中溫暖身體之用。

「湯婆」是代替妻子抱著取暖之意，除了「湯婆」，還有湯婆子、錫夫人等其他的稱呼。

古詩「湯婆子」裡有提到，用在冬，春別離。

「湯婆」的漢文發音是「たんぽ」，「湯」為「たん」、「婆」是「ぽ」。

「湯婆」此字傳入日本後，因為字義不容易被理解，所以特別在前面又加入一個「湯（ゆ）」。

「湯」唸「ゆ」、「湯」讀「たん」、「婆」是「ぽ」，就成為了今日的「湯湯婆（ゆたんぽ）」了。

例句：
湯たんぽを布団の中に入れる。
將熱水袋放入被褥中。

115	【軍手】 ぐんて 耐磨手套

「軍手」是「軍用手袋（ぐんようてぶくろ）」的縮語。
做粗工勞力工作時使用的耐磨手套。

例句：
引越しの際に軍手が必要です。
搬家時須準備好工作手套。

116	【天地無用】 てんちむよう 請勿倒置的提醒標籤

「天地（てんち）」為「上と下」之意。
「無用（むよう）」為禁止的意思。

有些貨物或行李容易損害禁止顛倒放置，此時就在包裝的
外側貼上「天地無用」的標籤，提醒此面朝上的意思。和
英文「This Side Up / Do Not Turn Over」的作用一樣。

【同義詞】
この面が上です。
此面向上。

117	【三德包丁】 さんとくぼうちょう 菜刀

在日文裡「包丁」是菜刀之意。

「包丁」在以前是寫成「庖丁」，庖是做料理的場所廚房，丁即男人，所以在古時，庖丁是料理人的意思。

「莊子」〔南華經〕中有篇「庖丁解牛」的寓言，故事中的庖丁即為廚師之意。

庖丁（廚師）使用的刀稱作「庖丁刀」，後來就省略成「庖丁」二字了。

在日本，菜刀基本上分成「和包丁」和「洋包丁」二大種類，「三德包丁」結合了日本「菜切包丁」和「西洋牛刀」二者之特性。

「三德」代表三種用途，可以切肉、切魚、切青菜等。

「三德包丁」也稱作「文化包丁」，是日本家庭中最普遍的一種菜刀。

例句：
よく切れる三徳包丁が欲しいです。
想要一把好用的三德菜刀。

118	【プラゴミ】 ぷらごみ 塑膠垃圾

垃圾基本有以下分類：

可燃ごみ（もえるごみ）：可燒掉的垃圾
不燃ごみ（もえないごみ）：無法燒掉的垃圾
危険ごみ（有害ごみ）：有害垃圾
資源物（資源ごみ）：可回收
小型家電：小家電和 3C 產品
処理困難：無法處理的垃圾
粗大ゴミ（大型ごみ）：大型垃圾

「プラゴミ」為「プラスチックごみ」之縮語。

プラスチック（plastic）：塑膠
ごみ：垃圾

例句：
プラゴミを分別して捨てる。
把塑料垃圾分類出來後扔掉。

119	【ママチャリ】 ままちゃり 日常生活用的自行車

一般常用「チャリンコ」來表示「自転車（じてんしゃ）」，「ママチャリ」則是指婦人用的自転車。

「シティサイクル（City cycle）」是日常生活中最常見的自行車，通常也被稱為「ママチャリ」。

120	【八百屋】 やおや 賣蔬菜和水果的商店

「八百」為很多的意思，代表有很多東西的商店。也稱為「青果店（せいかてん）」，「青果」為蔬菜和水果之意。

121	【100 均】 ひゃっきん 每件 100 日圓的商店

別名「100 円均一（ひゃくえんきんいつ）」。
另有「百均（ひゃっきん）」、「100 円ショップ（ひゃくえんショップ）」、「ワンコインショップ」等說法。

122	【海老】 えび 蝦子

蝦子有著像老人的長鬚及彎曲的腰身，所以將其比喻成海裡的老人（海の老人），因此蝦子就稱為「海老（エビ）」了。

例句：
私は海老が大好きです。
我非常喜歡吃蝦子。

【其他相關用語】
伊勢海老（イセエビ）：伊勢龍蝦

123	【七面鳥】 しちめんちょう 火雞

「七面鳥」指的是火雞（ターキー），火雞頸部以上沒有羽毛，沒有羽毛覆蓋的皮膚部分，有著藍紅等顏色的多樣變化，所以才有此名稱。

例句：
七面鳥を食べたことはあります。
我吃過火雞。

124	【精肉】 せいにく 上等的高級肉品

例句：

近所のお肉屋さんで購入した精肉。

在當地肉店購買的高級肉品。

125	【果物時計草】 くだものとけいそう 百香果

「時計（とけい）」為時鐘之意。

百香果的葉子因為看起來像「時計」的指針而得名。

「果物時計草」也稱為「パッションフルーツ（passion fruit）」。

126	【人参】 にんじん 紅蘿蔔

例句：

人参が苦手な子供は多い。

很多小孩子很怕吃紅蘿蔔。

127	【エコバッグ】 えこばっぐ 自備的環保袋

「エコ」為「エコロジー（Ecology）」生態、環境之縮語。

「バッグ（bag）」為袋子之意。

為了減少對環境的影響，去超商超市買東西時，自備的環保袋稱為「エコバッグ」，也可稱為「マイバッグ」。

128	【レジ袋】 れじぶくろ 超商和超市等提供的袋子

「レジ」為「レジスター（register）」收銀機之縮語。

在便利商店和超市等零售商店消費時，結帳後在收銀機台（レジ）給予裝東西的袋子即稱為「レジ袋」。因為「レジ袋」要收費，所以店員會詢問：「レジ袋はよろしいですか？」

例句：

レジ袋の有料化が始まりました。

超市提供的袋子已開始收費了。

| 129 | 【マイカー】
まいかー
自家用車 |

「マイカー」是「和製英語 my car」，為「自家用車（じかようしゃ）」之意。

例句：
マイカーを持っていません。
我沒有私人汽車。

【其他相關用語】
「マイストロー（my straw）」：自備的吸管
「マイバッグ（my bag）」：自備的環保袋
「マイ箸（my はし）」：自備的環保筷子

| 130 | 【レンタカー】
れんたかー
租車 |

「レンタカー（rent-a-car）」為租車之意。

例句：
レンタカーを借りたことがある。
有租過汽車來使用。

131	【ゴールド免許】 ごーるどめんきょ 黃金駕照

黃金駕照，五年內無交通違法事項時給予之駕照。

「黃金駕照（ゴールド免許）」，正式的說法是「優良運転者免許証」，因為其駕照上有效期限的底色是金色而得名。

更新駕照時，若過去五年內，無交通違法事項時即給予「黃金駕照」，駕照上印有優良二字。

例句：
ゴールド免許を持っている。
我持有黃金駕照。

132	【満タン】 まんたん 把油箱加滿汽油

「タン」是「タンク（tank）」之縮語，為液體的容器，汽車的油箱之意。

例句：
ガソリンを満タンにします。
將汽油加滿。

133	【ドラレコ】 どられこ 行車記錄器

「ドラレコ」為「ドライブレコーダー」之縮語。

ドライブ（drive）：駕駛
レコーダー（recorder）：記錄器

例句：
ドラレコの購入を検討している。
我正在考慮購買行車記錄器。

【延伸閱讀】
防カメ（ぼうカメ）：監視器

「防カメ（ぼうカメ）」為「防犯カメラ（ぼうはん
camera）」之縮語。

例句：
防カメを設置されている。
安裝了監視器。

【同義詞】
監視カメラ（かんしカメラ）

134	【ドアパンチ】 どあぱんち 開車門時撞到旁邊的車身

「ドアパンチ（Door punch）」是指停車時，打開車門時撞到劃傷別輛車的車門。

「パンチ（punch）」為拳打、猛擊之意。

例句：
ドアパンチされました。
車門被鄰車開門時碰撞到。

【延伸閱讀】
板金（ばんきん）：板金

例句：
車の板金修理をした。
修復了汽車的鈑金。

135	【痛車】 いたしゃ 彩繪的汽車

車身外觀彩繪著動漫、遊戲等相關人物的汽車。

136	【立往生】 たちおうじょう 塞車

每當日本因大雪封阻國道，電視新聞播報近千輛汽車受困的影像時，畫面旁常會出現「立往生」的字幕。

雪のため車が立往生する。
車子因為下雪而塞住不動了。

「立往生（たちおうじょう）」的原意是站著死去，典故是「弁慶の立ち往生」，傳說武藏坊弁慶在戰役中，身中萬箭，站著靜止不動而死去。

「立往生」後來演變成形容「汽車動彈不得」的意思，當開車遇到交通事故或大雪，導致車子無法行駛時，就可以用「立往生」來代表這種陷入進退兩難的處境。

若是汽車故障時則可以使用「エンスト」的用法，此為「エンジンーストップ（engine＋stop）」的縮語。

【同義詞】
交通渋滞（こうつうじゅうたい）：交通堵塞

例句：
交通渋滞が２時間続いた。
堵車持續了兩個小時。

Part 6
職場

本章彙整公司的營業狀況、職員學歷背景，以及員工個性、工作型態和飲酒文化等相關流行用語。

【老鳥】
161 古株
162 古狸
163 御意
164 金魚の糞
165 忙しいアピール
166 給料泥棒
167 セクハラ
【電脳】
168 アキバ
169 ググる
170 コピペ
171 スクショ
172 パワポ
173 プレゼン
174 メアド

【飲酒】
175 アル中
176 休肝日
177 ボトルキープ
178 パパ活
179 太客
180 VIP（ビップ）
181 千鳥足
182 ロハ
183 無料案内所
【升遷】
184 栄転
185 大黒柱
186 議長席
187 左遷
188 社内ニート
189 窓際族
190 寿退社
191 脱サラ

137 　【零細企業】
れいさいきぎょう
規模很小的公司

少量資金和設備，經營規模很小的公司。

例句：
零細企業で働いています。
我在一家小公司工作。

138 　【ブラック企業】
ぶらっくきぎょう
給員工過重負擔的公司

「ブラック企業」也可稱為「ブラック会社（ブラックがいしゃ）」。

139 　【自転車操業】
じてんしゃそうぎょう
反覆借錢還債的經營狀態

公司靠著不斷地借款周轉來維持營運，像騎單車一樣，一旦停止就會倒下，這樣的經營狀態稱為「自転車操業」。

例句：
自転車操業から脱却する。
從負債借款的循環狀態中擺脫出來。

140	【マーチ】 まーち 關東五所私立大學

美國有「常春藤聯盟（Ivy League）」，代表八所首屈一指的私立大學。日本也有所謂「マーチ（MARCH）」，代表關東知名的五所私立大學。

「MARCH」是由這五所大學的第一個字母所組成。

（M）　明治大学（めいじだいがく）
（A）　青山学院大学（あおやまがくいんだいがく）
（R）　立教大学（りっきょうだいがく）
（C）　中央大学（ちゅうおうだいがく）
（H）　法政大学（ほうせいだいがく）

從這五所大學畢業者，以「マーチ卒」稱之。

【延伸閱讀】

卒業（そつぎょう）：畢業

例句：
彼は東京大学を卒業した。
他畢業於東京大學。

141	【東京六大学】 とうきょうろくだいがく 東京六大學

東京大学
早稲田大学
慶應義塾大学
明治大学
立教大学
法政大学

142	【OB、OG】 OB、OG 某所學校、社團的畢業生

「OB、OG」為和製英語。

「OB」為「old boy」之縮語，代表某學校、社團的男性畢業生。

「OG」為「old girl」之縮語，代表某學校、社團的女性畢業生。

例如：
○○大学 OB
野球部 OB
OB 会／OG 会

143	【パイセン】 ぱいせん 學長；前輩

把「先輩（せんぱい）」反過來唸的説法。

144	【コネ入社】 こねにゅうしゃ 靠關係進公司的人

通過個人關係進入公司。

「コネ」為「コネクション（connection）」之縮語，為「聯絡；關係」之意。

例句：
近年はコネ入社が多い。
近年來靠關係進公司的人很多。

【延伸閲讀】
親の七光り（おやのななひかり）：依靠家人的權勢從中受益。

例句：
親の七光りで役員になる。
依靠家人的權勢當上董事。

145	【不正乘車】 ふせいじょうしゃ 搭乘電車時逃票的人

搭乘電車時須購買到目的地為止的全程車票，若沒有購買全程車票的行為，稱為「不正乘車（ふせいじょうしゃ）」。

「不正乘車」包含：
キセル／ただ乗り（ただのり）

其中，購買頭尾兩張車票，途中區間空白，此種逃票方式稱為「キセル乘車」。

譬如全程有 10 站（第 1 站～第 10 站），先持 1～2 站的車票進站，最後再拿出預先準備的 9～10 站的車票走出車站，中間區段（第 2 站～第 9 站）沒付車資，此種「不正乘車」就稱為「キセル乘車」。

「キセル」是以前的一種抽菸工具，頭尾兩端是金屬的，但中間的部分是竹木材質，如同電車路線中，區間空白的逃票行為，因此便以「キセル乘車」稱之。

例句：
友人がキセル乗車をしてしまいました。
我的朋友沒付全程車資逃票了。

146 【無賃乗車】
むちんじょうしゃ
沒付錢搭乘電車

沒付錢就乘坐電車等交通工具。

例句：
無賃乗車をしている人。
沒付錢就搭乘的人。

賃金（ちんぎん）：金錢

【延伸閱讀】

無銭飲食（むせんいんしょく）
吃喝後沒付錢。

例句：
こっそり無銭飲食をしています。
偷偷地沒付錢吃東西。

吃霸王餐的人，可稱為「食い逃げ（くいにげ）」。
「食い逃げ」為「食う」＋「逃げる」。

例句：
彼はレストランで食い逃げした。
他在餐廳吃完東西沒付錢就跑走了。

147	【歩きスマホ】 あるきすまほ 邊走路邊滑手機的行為

以前通勤時間常可見到上班族邊走路邊看報紙，這種行為稱為「歩き新聞（あるきしんぶん）」。

過去邊走邊抽菸的情形也很普遍，這樣的行為稱為「歩きタバコ（あるきたばこ）」。

在以往傳統手機（フィーチャーフォン／ガラケー）的年代，邊走路邊講電話稱為「歩き携帯（あるきけいたい）」。

進步成智慧型手機後（スマートフォン），邊走路邊滑手機的行為稱為「歩きスマホ（あるきすまほ）」。

「スマホ」為「スマートフォン（Smartphone）」之縮語。

「歩きスマホ」也可稱為「ながらスマホ」。

【延伸閱讀】

「フィーチャー・フォン（feature phone）」及「ガラケー（ガラパゴスケータイ）」，二者都是「功能型手機」，其功能比打電話及收發簡訊的一般手機多一些，譬如能夠照相、播放自己的音樂檔案等等。功能型手機多半配備有按鍵，適合長者使用。

148 　　　　【ワーママ】
　　　　　　わーまま
　　　下班還要撫養小孩的婦女

「ワーママ」為「ワーキングマザー（working mother）」
之縮語。

149 　　　　【ダブルケア】
　　　　　　だぶるけあ
　　　同時養育小孩及照顧父母

「ダブルケア（Double Care）」是指同時承擔養育小孩及照
顧父母的責任。

例句：
"ダブルケア" 時代の到来。
養育小孩又要照顧父母的時代來臨了。

150 　　　　　【社畜】
　　　　　　しゃちく
　　　日本上班族的自嘲用語

由「会社（かいしゃ）＋家畜（かちく）」組合而成的俗
語。

指為了工作而放棄自我尊嚴，用來自嘲或嘲笑別人。

151	【平社員】 ひらしゃいん 普通職員

在公司裡沒有特殊職位的普通員工。

例句：
入社 7 年目の平社員です。
進入公司 7 年的普通職員。

平（ひら）：普通

152	【サービス残業】 さーびすざんぎょう 加班時沒支付加班費

「サービス残業」為「サービスで残業する」之意，也可簡稱為「サビ残（サビざん）」。

サービス（service）：服務；招待
残業（ざんぎょう）：加班

例句：
サービス残業が多くて疲れました。
因為有很多沒有加班費的超時工作，所以很疲累。

153	【不思議ちゃん】 ふしぎちゃん 言行與常人有點不同的人

與一般人有點不同，有著奇怪的言行和舉止的人，有時也被稱為「天然（てんねん）」。

154	【繊細さん】 せんさいさん 高敏感族

「繊細さん」為高敏感族之意（HSP , Highly Sensitive Person）。指感受特別敏感，會在意一些別人不在意的小事的人。

繊細（せんさい）：細膩

155	【コミュ障】 こみゅしょう 不善於與人交流的人

「コミュ障（こみゅしょう）」為「コミュニケーション障害（コミュニケーションしょうがい）」之縮語。
例句：
彼はコミュ障です。
他不善與人交流有溝通障礙。

156	【仮病】 けびょう 裝病

沒病而假裝生病。

例句：
仮病を使って会社を休みたい。
想裝病請假一天。

157	【情弱】 じょうじゃく 不了解最新消息的人

「情弱」是「情報弱者（じょうほうじゃくしゃ）」的縮語，「情報弱者」原本的意思是指居住在偏遠地區硬體建設缺乏，無法同步接收到最新訊息的人們，以及不擅使用設備而難以獲得資訊的老人們。

現在「情弱」專用來奚落對方不了解最新消息，嘲弄對方信息收集能力很差，資訊很落後等。

和「情弱」相反的是「情強」。

「情強（じょうきょう）」為「情報強者（じょうほうきょうしゃ）」之縮語。

158	【十八番】 おはこ 得意擅長的本領

例句：

私の十八番の歌を歌います。

我要唱我最擅長的一首歌。

159	【真骨頂】 しんこっちょう 真正面貌，真本領

例句：

真骨頂を発揮する。

展現真正的本領。

160	【朝飯前】 あさめしまえ 容易的；輕而易舉

例句：

この仕事は朝飯前だ。

這份工作太容易了。

| 161 | 【古株】
ふるかぶ
公司裡的老鳥 |

「古株（ふるかぶ）」是指很久以前就在公司裡工作的老職員，也可以稱為「古株社員（ふるかぶしゃいん）」。

日文裡的股票以「株（かぶ）」來表示，「古株」一詞則是和股票沒有關係。

「株（かぶ）」是樹木的殘株，成語守株待兔裡的「株」即是樹木倒伏露在地面的樹根，所以用「古株（ふるかぶ）」殘留之樹根來形容公司裡的老鳥。

例句：
彼はこの会社の古株だ。
他是這家公司資深的老員工。

除了古株，老鳥還有以下用法：

古参社員（こさんしゃいん）
ベテラン（veteran）
古顔（ふるがお）
古手（ふるて）

162	【古狸】 ふるだぬき 老猾頭

累積許多經驗而成的狡猾之人。

例句：
あの古狸は何を企んでいるのか。
那個老猾頭在盤算著什麼呢？

【延伸閱讀】
「狐（きつね）」和「狸（たぬき）」，都是常被用來形容會欺騙他人的動物。

「狐（きつね）」多用來描述會欺騙迷惑男人的女性。
例如：女狐（めぎつね）。

「狸（たぬき）」則常被用來形容狡猾的老年男性。
例如：
狸親父（たぬきおやじ）／狸爺（たぬきじじい）

163	【御意】 ぎょい 對上級表示同意時的用語

對上級表示同意時的答覆用語。
在日劇中常可聽到，但在日常生活中很少使用。

164	【金魚の糞】 きんぎょのふん 跟屁蟲

金魚總是拖著一條長長的便便游動著，形容弱者們總是跟隨攀附著有影響力的人，也有黏在人身邊，如跟屁蟲趕不走甩不掉之意。

165	【忙しいアピール】 いそがしいあぴーる 展現自己很忙碌

「忙しいアピール」是指表現出自己很忙碌的行為。

有些人習慣把工作很忙之事時常掛在嘴上。

譬如：
昨晚加班只睡 2 小時！
上個月到現在都沒休息一直在工作！
半年內的行程都排滿了！
等等。

這種強調自己很忙碌的行為稱為「忙しいアピール」。

忙しい：忙碌
アピール（appeal）：展示、宣傳

166	【給料泥棒】 きゅうりょうどろぼう 工作沒做好仍領薪水的人

「給料泥棒（きゅうりょうどろぼう）」用來形容那些沒做好工作仍正常領薪的人，也可稱為「月給泥棒（げっきゅうどろぼう）」。

給料（きゅうりょう）：薪水
泥棒（どろぼう）」：小偷
月給（げっきゅう）：月薪

例句：
職場に給料泥棒な人間はいます。
公司裡有沒在做事卻照常領薪水的人。

【延伸閱讀】
五十日（ごとおび）：帶五和十的日子，每一個月的第5、10、15、20、25日和最後一天。

例句：
給料日は五十日が多いです。
發薪日有很多都是選在帶五和十的日子。

167	【セクハラ】 せくはら 性騷擾

「ハラ」為「ハラスメント」之縮語，「ハラスメント（harassment）」是騷擾之意，當被某事物騷擾而造成困擾時，日本常將這些情事的後面加上「ハラ」使用。

セクハラ（セクシャル　ハラスメント）：
sexual harassment，性騷擾。
パワハラ（パワーハラスメント）：
power harassment，和製英語，上對下濫用權力之意。
スモハラ（スモークハラスメント）：
smoke harassment，和製英語，二手煙。
アルハラ（アルコールハラスメント）：
alcohol harassment，和製英語，被迫喝酒。
犬ハラ（いぬはら）：
飼主遛狗沒繫繩或帶狗進餐廳等，造成他人感到不舒服。
等等。

【延伸閱讀】
不祥事（ふしょうじ）：醜聞、不名譽的事件
公眾人物若有「セクハラ」或職員有「パワハラ」之情事時，此類型不光彩的事件稱為「不祥事」。
例句：
会社始まって以来の不祥事だ。
公司成立以來的醜聞。

168	【アキバ】 あきば 秋葉原

「アキバ」為「秋葉原（あきはばら）」之縮語。
例句：アキバに詳しい人。熟悉秋葉原的人。

169	【ググる】 ぐぐる 使用 Google 搜索資料

「ググ」為「グーグル（Google）」之縮語。
「ググる」是使用 Google 的搜索引擎來搜索資料。
「Google+〜する」，英文也有同樣的用法，把 Google 當作
動詞來使用。

170	【コピペ】 こぴぺ 複製貼上

「コピペ」為「コピー&ペースト（Copy & Paste）」之縮
語。

例句：
インターネット上にある文章をコピペしてレポートを出
す。
把網路上的文章複製貼上報告後提交出來。

171	【スクショ】 すくしょ 截圖

「スクショ」為「スクリーンショット（screenshot）」之縮語，為截圖之意。

例句：
画面をスクショして送る。
把畫面截圖後發送出去。

【同義詞】
スクリーンキャプチャー（screen capture）
画面キャプチャー

172	【パワポ】 ぱわぽ PowerPoint 的縮語

「パワーポイント」常用「パワポ」來替代使用。

例句：
パワポファイルを編集する。
編輯 PowerPoint 的文件。

173	【プレゼン】 ぷれぜん 簡報

「プレゼン」為「プレゼンテーション（presentation）」之
縮語，為簡報之意。

例句：
英語のプレゼンをする。
做一個英文的簡報。

174	【メアド】 めあど E-Mail 信箱地址

「メアド」為「メールアドレス（mail address）」之縮語，
為 E-Mail 信箱地址之意。

例句：
メアドを変えました。
把電子郵件地址更改了。

【同義詞】
メルアド
アドレス

175	【アル中】 あるちゅう 喝酒上癮

「アル中」為「アルコール中毒（Alcohol ちゅうどく）」
之縮語。

例句：
アル中の友達がいる。
我有酗酒的朋友。

176	【休肝日】 きゅうかんび 不喝酒讓肝臟休息的日子

「休肝日（きゅうかんび）」為「肝臟の休日（かんぞう
のきゅうじつ）」。

「休肝日」和「休館日（きゅうかんび）」的發音相同，
英文也有 Liver holiday 的相似說法。

天天飲酒易造成肝臟過度負擔，因此限制一週內有 1~2 天不
喝酒，以降低罹患脂肪肝等風險。

例句：
休肝日を週に 1 日設けています。
每週有一天不喝酒讓肝臟休息的時候。

177	【ボトルキープ】 ぽとるきーぷ 把酒寄放在店裡

「ボトルキープ」是和製英語「bottle＋keep」之意。酒店的常客習慣把威士忌等酒類寄放在店裡，每次來店裡時即可取出飲用。

例句：

居酒屋でボトルキープをしました。

我在居酒屋寄放了一瓶酒。

178	【パパ活】 ぱぱかつ 尋找援助的活動

「パパ活」是女孩子為了尋找可提供經濟援助的男子所進行的約會活動。

類似「～活」的用法有：

婚活（こんかつ）：結婚活動（けっこんかつどう）

就活（しゅうかつ）：就職活動（しゅうしょくかつどう）

終活（しゅうかつ）：人生の終わりのための活動

將身後事先規劃好的準備活動。

179	【太客】 ふときゃく 消費金額大的客人

「太客」是「太っ腹な客（ふとっぱらなきゃく）」的縮語，指那些在聲色場所裡，消費金額龐大的客人。

和「太客（ふときゃく）」相反，若是不太花錢的客人則稱為「細客（ほそきゃく）」。

例句：
あの太客がもう店に来ない。
那個大顧客不再來店裡了。

180	【VIP（ビップ）】 びっぷ 重要人物

「VIP」為「Very Important Person」之縮語，貴賓之意。

正式唸法是「ブイ・アイ・ピー」，但通常多是唸成「ビップ」。

例句：
ビップルーム（VIP room）：貴賓室
VIP チケット：貴賓票

181	【千鳥足】 ちどりあし 酒醉後腳步搖擺的模樣

「千鳥足」為「千鳥の足（ちどりのあし）」之縮語，形容酒醉後，腳步左右搖擺不定的模樣。

「千鳥（ちどり）」是一種鳥類的名稱，一般鳥類的腳後方有一隻支撐的腳趾，但「千鳥（ちどり）」只有前方的三個腳趾，所以其行走模樣方向不定非常特別，因此以「千鳥足」獨特的行走方式，來形容酒醉後腳步左右搖擺不定的模樣。

例句：
千鳥足で帰る。
跟跟蹌蹌地回家。

酔歩（すいほ）：醉醺醺的腳步

【延伸閱讀】

蛇足（だそく）：多餘無用之物

例句：
この文章の最後は蛇足だ。
這篇文章的結尾是多餘的。

182	【ロハ】 ろは 免費、不要錢

「ただ」為免費、不要錢之意。

例句：
配達料はただです。
送貨費是免費的。

「ただ」的漢字是「只」，把「只」上下拆解後，即成為
為片假名的「ロハ」，所以特意將「只（ただ）」改唸成
「ロハ」，一樣是免費、不要錢的意思。

例句：
今日の飲み会代は社長の奢りで "ロハ" だ！
因為社長請客，所以今天的酒會費用是免費的！

【延伸閱讀】
女忍者：くノ一（くのいち）

把「女」的漢字拆解後，按照筆畫的順序，即為「く」
「ノ」「一」。

例句：
女の忍者をくノ一と言います。
女忍者被稱為くのいち。

| 183 | 【無料案内所】
むりょうあんないしょ
介紹客人去聲色場所之店面 |

「無料案内所」和「観光案内所」不一樣。一般觀光景點常可見到「観光案内所」，如日本橋案内所等，所內提供旅客當地景點風土人情等的介紹服務。但特別強調免費二字的「無料案内所」就不同了。

「無料案内所」即「無料風俗案内所」，由於法令禁止拉客，因此在新宿歌舞伎町、池袋、渋谷等聲色場所聚集的繁華區，就可看見招牌上寫著「無料案内所」的店面。

當外地遊客不熟悉但好奇一些娛樂場所時，就可以進去「無料案内所」內詢問打聽，不論是キャバクラ、ガールズバ、風俗店等，「無料案内所」會向你介紹各店的評價及消費方式等，然後根據你的要求，帶領你去符合你期望之場所。

「無料案内所」會從上述合作店家拿到介紹費，所以不會向消費者索取費用。

例句：
無料案内所を使ってガールズバに行ったことがあります。
我經由無料案内所的介紹去過酒吧。

184	【栄転】 えいてん 升遷

例句：

彼は店長に栄転した。

他升遷當上了店長。

【同義詞】

出世（しゅっせ）：出人頭地

立身出世（りっしんしゅっせ）：發跡；出人頭地

例句：

あの人は出世が早い。

那個人的地位晉升的很快。

185	【大黒柱】 だいこくばしら 中心人物

「大黒柱」為房屋的主要支柱，也用來形容中心人物。

例句：

彼はこの会社の大黒柱です。

他是這家公司的中心人物。

| 186 | **【議長席】**
ぎちょうせき
會議主席的座位 |

在長方形桌子的短邊，一個人的座位稱之為「誕生日席」。

「誕生日席」也稱為「議長席」，在生日聚會時是主角壽星的座位，在開會時是會議主席的座位。

「議長席」是會議室中離入口最遠的那個座位，是職場倫理中的「上座（かみざ）」。

「上座（かみざ）」和「下座（しもざ）」的區分據說是源自武士時代，為了防止敵軍突然襲擊時能保護將軍，因此讓將軍坐在離入口處最遠的地方。

例句：
入り口から遠い席が上座です。
離入口較遠的座位是上座。

例句：
目下の人が座る席を下座といいます。
屬下晚輩等坐的座位稱為下座。

此外，旅遊巴士最後一排的中間座位也稱為「誕生日席」。

187	【左遷】 させん 降職

漢代貴右賤左，所以將貶官稱為左遷。日語至今保留延續
著漢語的特色，所以有日語是古代漢語的活化石之說。

例句：
支社に左遷される。
降職到分公司。

188	【社内ニート】 しゃないにーと 幾乎沒事可做的職員

「ニート（NEET）」是「尼特族」之意。指沒在上學，沒
在就業，也沒在進修訓練，無所事事的年輕人。

NEET：Not in Education, Employment or Training.

一些雖然有在就業，但因在公司裡工作量少，對於那些幾
乎沒事可做只能消磨時間的職員，則以「社内ニート（し
ゃないニート）」來稱之。

例句：
社内ニートになりました。
我變成沒事可做的職員了。

189	【窓際族】 まどぎわぞく 窗邊族

「窓際族」是用來揶揄未能升遷的中高年員工，因沒有被指派實質性的工作，每天在靠窗的座位上凝視著天空，也稱為「窓際おじさん」。

際（きわ）：邊緣

190	【寿退社】 ことぶきたいしゃ 女性為了家庭而辭去工作

「寿退社」也稱為「寿退職」，指因結婚而離開公司。大多數是女性為了成為全職家庭主婦而辭去工作。

191	【脱サラ】 だつさら 離開職場獨立創業

「サラリーマン」是和製英語「salaryman」，指領薪過日的上班族。

「脱サラリーマン（だつさらりーまん）」，即不再從事領薪的工作，離開職場獨立創業，簡稱為「脱サラ」。

Part 7
退　休

　　本章介紹退休後，老年時可能會遇到的婚姻、健康等相關
的流行用語。

　　【離婚】
　　192 定年離婚
　　193 卒婚
　　194 バツイチ
　　195 元ダン ／ 元ヨメ
　　【健康】
　　196 老体
　　197 老眼鏡
　　198 車椅子
　　199 看病
　　【退休】
　　200 濡れ落ち葉
　　201 粗大ゴミ

192　【定年離婚】
ていねんりこん
退休離婚

「定年離婚」是所謂「熟年離婚（じゅくねんりこん）」的一種，是以丈夫的退休為契機進而離婚。

與過去相比，「定年離婚」會增加的原因和「年金分割制度」有關。

以往丈夫領取年金，全職的家庭主婦若離婚，即使妻子已達到可以領取年金的年齡，妻子也無法拿到年金。

但隨著「年金分割制度」導入後，妻子也可有獲得領取年金的權利，如果執行「年金分割制度」，原則上可得到丈夫支付年金的一半。

妻子若能得到丈夫一部分的年金後，便可在老年生活中使用，因此想離婚的妻子，不再因年金的問題而猶豫不決。

定年（ていねん）：達到一定的年齡而退休

例句：
両親が定年離婚を考えています。
父母正在考慮著退休離婚一事。

193	【卒婚】 そつこん 不干擾彼此的生活方式

「卒婚」為「結婚を卒業する」之縮語，從婚姻中畢業之意。

「卒婚」指二人不離婚，仍維持著夫妻之關係。

二人可以住在一起或不住在一起，在不干擾彼此的情況下，自由地享受自己的生活方式。

譬如老公退休、小孩獨立之後，老公選擇回鄉下生活，老婆留在都市，二人定期會面的一種生活型態。

也有夫妻選擇「卒婚」的生活方式後仍住在一起，雖住一起，但分別處理家務，不干擾彼此，二人自由地享受自己的生活。

「卒婚」現在成為日本夫妻間，一種新型態的生活方式。

例句：
子どもが結婚したら卒婚したいです。
等小孩結婚後想過自己的生活，不被另一半干擾。

194	【バツイチ】 x 1 離婚過一次

「バツイチ（ばついち）」是指離婚過一次的人。
「バツ」為符號「×」叉叉的意思。
「イチ」是1的意思。

當二人離婚時，在除籍的文件上會紀錄著一個叉號（バ
ツ）。

某日本知名藝人在他的離婚記者會中，因為他在自己的額
頭上畫了一個叉號（バツ），所以「バツ」就成為離婚一
詞，從此成為了流行用語。

其他還有以下說法：

バツニ（バツ2）：離婚過二次
バツサン（バツ3）：離婚過三次
バツヨン（バツ4）：離婚過四次

例句：
彼氏がバツイチ子持ちです。
我男友離過一次婚且有個小孩。

除籍（じょせき）：除籍
子持（こもち）：有小孩

195 【元ダン / 元ヨメ】
もとだん / もとよめ
前夫 / 前妻

彼氏（かれし）：男友
彼女（かのじょ）：女友
旦那（だんな）：老公
嫁（よめ）：老婆

分離後就在前面加個「元（もと）」。

「元カレ」為「元彼氏（もとかれし）」，前男友。
「元カノ」為「元彼女（もとかのじょ）」，前女友。
「元ダン」為「元旦那（もとだんな）」，前夫。
「元ヨメ」為「元嫁（もとよめ）」，前妻。

前夫 / 前妻也可稱為：

元夫（もとおっと）：元の夫
元妻（もとつま）：元の妻

例句：
元ダンが再婚をしました。
前夫已再婚了。

元（もと）：以前；從前

196	【老体】 ろうたい 上年紀後的衰老身體

例句：70才の老体です。　70歲的老邁身體。

197	【老眼鏡】 ろうがんきょう 老花眼鏡

例句：
老眼鏡をかけて新聞を読んでいます。
戴著老花眼鏡看報紙。

198	【車椅子】 くるまいす 輪椅

例句：
車椅子で病院に行きます。坐輪椅去醫院。

199	【看病】 かんびょう 照顧看護病人

例句：病人（びょうにん）を看病する。照顧病人。

| 200 | 【濡れ落ち葉】
ぬれおちば
濕落葉，形容退休老公 |

一般的落葉即使不掃，風一來就隨之而去，但雨後地面上的濕落葉就很惱人了，不論怎麼掃，濕落葉就是緊緊黏貼著擺脫不掉。

有些退休後的老公在家無事可做，老婆只要一出門，老公馬上就喊說：我也要去！帶我一起去！

這種如同濕落葉般黏在身上，哪裡都要跟隨的退休老公，就被形容成濕落葉，且有濕落葉症候群的說法。

例句：
定年退職した男性が濡れ落ち葉になる。
退休後的男人成為了黏人的濕落葉。

【延伸閱讀】
熊手（くまで）：（竹製）耙子

用來聚攏穀物和打掃落葉的農具，因形狀像熊的手一樣彎曲而得名。

例句：
落ち葉を熊手でかき集める。
用耙子收集落葉。

201	【粗大ゴミ】 そだいごみ 形容退休後在家的老公

大型垃圾（粗大ゴミ）被用來形容退休後在家的老公。

有些主婦認為，要花時間精力去對待退休後整天在家無事可做的老公，如同面對著「粗大ゴミ」感覺很厭惡，經由媒體報導後，此「粗大ゴミ」用來形容退休老公的說法便開始流傳。

例句：
定年後の夫は粗大ごみになるのでしょうか。
退休後的老公會變成大型垃圾嗎？

【其他相關用語】

「ワシも族」

因為退休在家的老公常會說：

「わしも付いて行く（我也要跟著去）」

所以退休在家的老公也就稱為「ワシも族」了。

NOTE

NOTE

國家圖書館出版品預行編目資料

日本流行用語及語源由來／林偉立著. —初
版.—臺中市：白象文化事業有限公司，2022.6
　　面；　公分
ISBN 978-626-7105-96-2（平裝）
1.CST: 日語 2.CST: 詞彙 3.CST: 語源學
803.12　　　　　　　　　　　111005859

日本流行用語及語源由來

作　　者　林偉立
校　　對　林偉立
發 行 人　張輝潭
出版發行　白象文化事業有限公司
　　　　　412台中市大里區科技路1號8樓之2（台中軟體園區）
　　　　　出版專線：（04）2496-5995　　傳真：（04）2496-9901
　　　　　401台中市東區和平街228巷44號（經銷部）
　　　　　購書專線：（04）2220-8589　　傳真：（04）2220-8505
專案主編　林榮威
出版編印　林榮威、陳逸儒、黃麗穎、水邊、陳嬿婷、李婕、林金郎
設計創意　張禮南、何佳諠
經紀企劃　張輝潭、徐錦淳、林尉儒
經銷推廣　李莉吟、莊博亞、劉育姍、林政泓
行銷宣傳　黃姿虹、沈若瑜
營運管理　曾千熏、羅禎琳
印　　刷　普羅文化股份有限公司
初版一刷　2022 年 6 月　初版四刷　2022 年 12 月
初版二刷　2022 年 7 月　初版五刷　2024 年 9 月
初版三刷　2022 年 8 月
定　　價　200 元

缺頁或破損請寄回更換
本書內容不代表出版單位立場·版權歸作者所有·內容權責由作者自負

白象文化　印書小舖　出版·經銷·宣傳·設計
www.ElephantWhite.com.tw　自費出版的領導者　購書 白象文化生活館